Julien Green

Ralph

Julien Green

RALPH
und
die vierte
Dimension

Aus dem Französischen von
Anja Lazarowicz

Mit Bildern von
Johanna Kang

Sanssouci

Die Originalausgabe erschien 1991 unter dem Titel
Ralph et la quatrième dimension
bei Flammarion in Paris.

1 2 3 4 5 00 99 98 97 96

ISBN-3-7254-1102-6
Lizenzausgabe für den Sanssouci Verlag, Zürich

Satz: Satz für Satz. Barbara Amann, Leutkirch
Druck und Bindung:
Franz Spiegel Buch GmbH, Ulm
Printed in Germany

Für Moumousse

RALPH

Es war spät. Ralph ging zu Bett. Als er unter die Decke kroch und sich anschickte, die Nachttischlampe zu löschen, kam ihm eine phantastische Idee in den Sinn: Er schwang sich wieder aus dem Bett und schlich, ohne erst lange seine Hausschuhe anzuziehen, auf leisen Sohlen zu der Tür, die in das Zimmer führte, in dem er sich morgens ankleidete und abends auszog. Diese Tür machte er nachts immer zu, weil er sich sagte: »Man kann nie wissen.« Ralph hatte nämlich Angst vor Gespenstern.

Von Natur aus äußerst neugierig, bückte er sich, stützte die Hände auf die Knie und riskierte einen Blick durch das Schlüsselloch. Eine interessante Frage: Wie mögen wohl die Zimmer, die uns so vertraut sind, aussehen, wenn wir uns nicht dort aufhalten? Um die Wahrheit zu sagen, sie sehen aus wie immer. Und auch wieder nicht. Nicht genauso. Wenn jemand wie Ralph sie genau betrachtet, glaubt er an ihnen irgendwann den heuchlerischen Ausdruck einer Person wahrzunehmen, die er gerade dabei ertappt hat, wie sie etwas *Unrechtes* tat. Was das war? Man kann es nicht genau sagen, aber auf jeden Fall irgend etwas ... Verrückt, nicht wahr? Wie auch immer – Ralph erforschte das Zimmer sehr ausführlich. Zumal ihm das auch nicht schwerfiel, weil es von einer Straßenlaterne gut beleuchtet wurde. Die Vorhänge waren nicht ganz geschlossen und ließen lange Strahlen verräterischen Lichts herein.

Nach einigen Minuten war er der Sache zwar überdrüssig, aber noch immer beunruhigt; er stahl sich leise wie ein Mäuschen zurück in sein Bett.

Dort, die Decke bis über beide Ohren gezogen, suchte er dann Frieden im Schlaf zu finden – im Schlaf wähnen sich die Angsthasen in Sicherheit – und begann alsbald zu schnarchen.

Er schnarchte so laut, daß er nicht hörte, was im Nebenraum vor sich ging. Sein Morgenrock, der wie ein Toter auf dem Sofa lag, auf das man ihn achtlos geworfen hatte, richtete sich plötzlich zu seiner vollen Größe auf und schüttelte unwillig die Ärmel. Er verließ sein Sofa und begann im Zimmer hin und her zu laufen.

»Auf mit euch!« bedeutete er mit wedelnden Armen. »Er schläft wie ein Murmeltier, unser Tyrann. Er hat keine Ahnung, daß morgen unser großer Abend ist. Das Mobiliar ist in Aufruhr. Wir haben genug davon, wie sie uns behandeln, die Menschen! Genug von ihrer Verachtung, ihrer Geringschätzung, ich ganz besonders, denn ich komme aus einem piekfeinen teuren Geschäft. Sie werden staunen. Das ist der Aufstand der Dinge.«

»Der wertvollen und der weniger wertvollen«, ergänzte eine Chinavase würdevoll.

Ein kleines Buch sprang aus einem Regal und begann zu fliegen, indem es mit den Seiten schlug.

»Er hat mich nie geöffnet«, kreischte es, »er hat mich von seiner Großmutter, und ich bin voller unsterblicher Gedichte. Du wirst schon sehen, du kleiner Dummkopf! ›Ihr unbeseelten Dinge, solltet Ihr doch eine Seele haben?‹ Jetzt werden wir ihm arg mitspielen!«

»Genug damit!« rief ein Paar Schuhe und klopfte mit den Absätzen auf den Boden.

»Verpaß ihm lieber ein paar Ohrfeigen mit deinen unsterblichen Dingsdas. Ich werde ihm in den Hintern treten und ihn so durchs Zimmer jagen.«

»Ihr redet zuviel«, sagte die Pendeluhr vom Kamin. »Hebt eure Kräfte und Fähigkeiten für morgen abend auf.«

Sie war rund und dickbäuchig und sah mit ihren weit auseinanderstehenden Bronzefüßen wie eine sprungbereite Kröte aus.

Offenbar hatte sie großen Einfluß, denn alle schwiegen, und in der Stille wirkte das Zimmer auf einmal wie verzaubert. In diesem Augenblick wachte Ralph ein wenig verwirrt auf, erinnerte sich aber nicht mehr an das, was er gerade zu träumen geglaubt hatte.

Befreit von den Schrecken der Nacht, betrat er ganz sorglos das Ankleidezimmer, denn am Tag fürchtete er sich vor nichts. In dieser vertrauten Umgebung schien ihn alles unschuldig anzulächeln. Am Vorabend hatte Ralph vor lauter Angst vergessen, die Fensterläden zu schließen, und das Sonnenlicht ergoß sich über Teppiche und Sessel. Aus Bequemlichkeit begnügte sich der junge Mann damit, die Vorhänge zuzuziehen. Aber die

Vorhänge waren aus schwerem Stoff, und die Vorhangringe quietschten unangenehm, als sie über die Gardinenstange rutschten – sie allein wirkten noch sonderbar, geradezu verdächtig, denn Vorhänge haben immer etwas zu verbergen ... Vorhängen sollte man nie trauen.

Während sich Ralph anzog, summte er fröhlich vor sich hin. Denn heute abend gab die Baronin Vonundzu einen Ball. Zuvor erwartete ihn jedoch ein Arbeitstag in dem Büro, in dem er seit kurzem seinen Lebensunterhalt verdiente, so gut er konnte. Man hatte ihn damit beauftragt, einen großen Stapel langweiliger Briefe einer zweiten Lektüre zu unterziehen und anschließend in ordnungsgemäß adressierte Umschläge zu stecken. Fröhlich lächelnd machte er sich alsbald an die Arbeit.

In allem vorbildlich, übernahm er die undankbaren Arbeiten, die ihm seine Kollegen falsch lächelnd zuschoben, obwohl sie ihn gern hatten. Er hatte zwei Stunden lang wie ein Galeerensträfling gearbeitet, als der Direktor auftauchte – ein korpulenter Mann mit Glatze, langem Schnurrbart und einem gutmütigen Gesicht.

»Ah, alle bei der Arbeit«, rief er. »Das sieht man gern. Sie, junger Mann«, er wandte sich an Ralph, »Sie sehen besonders beschäftigt aus. Versteht sich, all diese Briefe müssen vor sechs Uhr auf der Post sein. Wie weit sind Sie denn schon?«

»Siebenundfünfzig sind bereits im Umschlag.«

»Siebenundfünfzig fertig zum Verschikken! Kompliment, junger Mann. Dann können nicht mehr viele fehlen.«

»Ich habe gerade einen der letzten in den Umschlag gesteckt, als Sie hereinkamen, Herr Direktor.«

»Lassen Sie mal sehen. Das Auge des Herrn, Sie wissen schon ...«

Der Direktor setzte sich an den Schreibtisch, nahm einen Brief und las zunächst die Adresse.

»Konstantinopel. Sehr gut. Perfekt.«

Dann nahm er den Brief heraus, entfaltete ihn und rief: »Was?! Sie schicken einen Brief in die Türkei, der nach Schweden muß?«

Ralph lief blutrot an.

»Ich mußte mich etwas beeilen«, stammelte er, »das muß passiert sein, als Sie gerade hereinkamen ...«

Wortlos nahm der Direktor einen anderen der siebenundfünfzig Briefe und öffnete ihn.

Zunächst schwieg er, dann stürzte er sich auf einen weiteren Brief, dem es nicht anders als dem ersten erging. Ralphs Kameraden drückten sich an die Wand, und in einer furchterregenden Stille fuhr der Direktor mit seinen Untersuchungen fort. Nichts war zu hören außer dem Geräusch, mit dem er wütend einen Umschlag nach dem andern, bis zum letzten, zerriß. Und jetzt erst stieß er mit eingezogenem Kopf wilde Schreie aus und hämmerte mit seinen großen Fäusten auf den Tisch.

»Das wird alles noch mal gemacht«, brüllte er. »Ich hätte ein Vermögen verloren, wenn ich nicht einen Blick in dieses Werk eines Idioten geworfen hätte.«

»Bitte, Herr Direktor!« jammerte Ralph.

»Noch ein Wort, und ich schmeiße Sie raus. Das ist nicht das erste Mal, daß Sie sich so etwas mit mir erlauben. Sie wirken zuverlässig, aber Sie sind *abwesend*, ständig *abwesend*. Fragt sich nur wo? Was starren Sie mich so an? Antworten Sie, das ist ein Befehl.«

»Ich starre Sie nicht an«, antwortete Ralph mit zitternder Stimme.

Einer der jungen Männer, die sich noch immer an die Wand drückten, unternahm einen Versuch, seinen Kollegen aus der Gefahr zu retten.

»Herr Direktor, Ralph ist oft geistesabwesend, ohne es zu wollen. Wir hätten uns um ihn kümmern müssen, er ist doch neu. Sehen Sie nur, selbst in diesem Augenblick sieht er uns nicht, er ist irgendwo anders ...«

Ein anderer unterstützte ihn:

»Wir machen seine Arbeit freiwillig noch mal, Herr Direktor. Wir müssen nur die Umschläge neu beschriften. Einverstanden, Jungs?«

»Einverstanden!« riefen alle.

Angesichts dieses brüderlichen Zusammenhalts war der Herr Direktor fast zu Tränen gerührt. Der Schuldige war ihm auf einmal sympathisch geworden, sah er doch einem sehr guten Jugendfreund zum Verwechseln ähnlich: die gleichen erstaunten blauen Augen, das gleiche struppige schwarze Haar, der gleiche einfältige und vertrauensselige Blick. Also sagte der Herr Direktor zu allem ja und ging in den Hof, um in teuren Erinnerungen schwelgend eine Zigarre zu rauchen.

Im Büro machte Ralph ein verwirrtes Gesicht.

»Bring dich in Sicherheit!« raunten ihm seine Kameraden zu.

Ralph versuchte gar nicht erst, irgend etwas zu verstehen, er flüchtete durch die Tür auf die Straße und begann wie ein Irrer zu laufen. Zehn Minuten später kam er keuchend und mit naßgeschwitztem Hemd zu Hause an. Erschöpft warf er sich auf sein Bett und schloß sofort die Augen.

Dort blieb er eine ganze Weile mit offenem Mund liegen. Sein Atem ging röchelnd. Er mußte unbedingt ein wenig schlafen, bevor er sich nebenan umziehen und für den Ball bei der Baronin Vonundzu herrichten konnte.

Kaum hatte er die Augen geschlossen, da vernahm er ein wirres, irgendwie beunruhigendes Geräusch ... Woher mochte der Lärm kommen? Jetzt fiel ihm wieder ein, daß er am Vorabend aus Neugier, was wohl in dem Zimmer in seiner Abwesenheit Geheimnisvolles geschah, durch das Schlüsselloch gesehen hatte, bis ihm der Rücken schmerzte. Vergebliche Neugier. Das Zimmer hatte sich nicht gerührt. Aber heute abend, als er gerade genüßlich einschlafen wollte, vernahm er von seinem Bett aus Gemurmel.

»Ich träume, daß ich träume«, sagte er zu sich.

Egal! Heute abend war der Ball bei der Baronin Vonundzu, also sollte er sich besser vergewissern, daß nebenan alles in Ordnung war – und er schlüpfte aus seinem Bett.

Als er mit zitternder Hand die Tür öffnete, bestürmte ihn aus dem kleinen Zimmer ein sonderbarer Lärm wie von einer Menschenmenge. Eigentlich wäre er gern geflohen, aber der Ball war ihm zu wichtig, das wurde ihm zum Verhängnis. Er mußte um jeden Preis ein neues Hemd, eine Krawatte und geputzte Schuhe anziehen, und zwar schnell. Schnell, weil man sich nicht verspäten durfte. Er schloß die Augen und ging hinein.

Ein lautes, schadenfrohes Geschrei empfing ihn.

»Da ist er ja!«

»Nur herein!« sagte eine etwas freundlichere Stimme, so als würde sie die Parolen skandieren – es war die Stimme der Uhr.

Die Schreie kamen von überall her, von

den Wänden, vom Boden, von der Decke, und mit vor Entsetzen weit aufgerissenen Augen sah er als erstes die roten Vorhänge, die sich blähten und zornig wehten wie Revolutionsfahnen, bewegt von einem Wind, der nicht durch das Fenster kam, weil es geschlossen war, sondern von einer bösen Kraft, einem teuflischen Sturm.

Er wollte sich auf einen Stuhl stützen. Der wich ihm aus und begann, um ihn herumzutanzen. Das Sofa richtete sich plötzlich auf und kam schwankend auf ihn zu. Irgend jemand brach direkt neben ihm in Gelächter aus. Die Uhr fing an, in einem Anfall von spöttischer Heiterkeit alle Stunden auf einmal zu schlagen.

Ein Befehl ertönte von der Decke:

»Fliegt, ihr Kissen! Und bums, ins Gesicht! Schuhe, tretet ihn in den Hintern! Und du, Morgenrock, nimm ihn in deine Arme und tanze mit ihm den letzten Tanz, den Totentanz – wie es aussieht, verlangt es ihn heute nach einem Ball. Also los, einen höllischen Cancan für uns alle, für uns Möbel!«

»Zu Hilfe!« rief Ralph mit erstickter Stimme.

Die Kissen ohrfeigten ihn. Die gebieterische Stimme schrie wieder:

»Teppiche, erhebt euch! Ich wünsche Sturm.«

Sofort verließen die Teppiche den Boden und türmten und wälzten sich wie wütende Wogen, und Ralph fand sich plötzlich am Boden wieder.

In seiner Benommenheit hatte er das Gefühl, daß lauter mondäne weibliche Stimmen voller Charme und Spott um ihn herumflatterten.

»Ein Glas Champagner, und schon liegt er uns zu Füßen! Der arme Kleine, sein Benehmen läßt zu wünschen übrig.«

Ein unsichtbares Orchester stimmte eine schwungvolle und siegesgewisse, von Becken skandierte Weise an – das Ganze klang denkbar barbarisch. Trotz seines Entsetzens erkannte Ralph den Geschmack der Baronin, die jede Mode mitmachte. Durch welche halluzinatorische Kraft war er zu ihr gelangt?

»Ich werde noch verrückt!« sagte er erschreckt.

Während er sich zur Tür schleppte, stieß er heisere Hilferufe aus, die die fröhliche

Stimmung der Tänzer – Männer wie Frauen – nur noch anfeuerten. Sie hielten dieses unglückliche Kriechen tatsächlich für eine von der Baronin bestellte Einlage und gaben dem armen Ralph spöttische Ratschläge von typischem Pariser Witz.

»Vielleicht schwimmst du lieber, das geht schneller!«

Als er endlich am Ziel angelangt war, gab er so etwas wie ein Röcheln von sich und versuchte gerade, unten an die Türe zu klopfen, als sich diese wie durch ein Wunder öffnete. Man hatte ihn gehört, und er spürte, daß man ihn auch sogleich hinauszog. Auf dem Bauch liegend, erblickte er als erstes die eleganten Stiefel der städtischen Polizei, die er ganz reizend fand – endlich kam die Zivilisation wieder zu ihrem Recht ...

Es war die Hausmeisterin, die ihn am nächsten Morgen um acht Uhr aus dem Schlaf riß.

»Acht Uhr!« schrie er und stand mit einem Satz vor dieser Person mit ihrem steifen Besenstiel.

»Wie ich schon sagte.«

»Aber was ist mit dem Ball?« stöhnte er verstört.

Sie grinste unbarmherzig.

»Fragen Sie lieber nach dem Büro. Sie haben gerade angerufen. Ich habe abgenommen. Man wollte wissen, ob Sie noch am Leben sind.«

Das Leben nahm wieder seinen Lauf, so gut es ging. Im Büro mußte Ralph den detaillierten Bericht von dem Ball über sich ergehen lassen, den er verpaßt hatte.

Einige Zeit verging, und alles blieb unverändert. Ralph hing weiter seinen Träumen nach, und seine Kollegen im Büro hielten ihm die Treue. Zu Hause gehorchte er noch immer seinen Schrullen, was das Geheimnis des leeren Zimmers betraf, wie er es für sich nannte – leer, wenn er sich dort nicht aufhielt und natürlich auch niemand sonst.

Von alledem erzählte er keinem Menschen ein Sterbenswörtchen. Das war sein Geheimnis, und um die Wahrheit zu sagen, schämte er sich auch ein wenig dafür. Man hätte ihn wahrscheinlich für verrückt erklärt, wenn bekanntgeworden wäre, was in seinem Kopf vorging. Außerdem hegte er die Befürchtung, sich hinterrücks in einer Irrenanstalt wiederzufinden. Diese Angst überfiel ihn von Zeit zu Zeit und verschloß seine Lippen. Und doch, je mehr er an das leere und zugleich bewohnte Zimmer dachte, desto mehr wurde es für ihn das einzig wirkliche Zimmer.

Dabei unterschied sich dieses Zimmer durch nichts von anderen, gewöhnlichen Zimmern; denn Ralphs Großmutter, von der er die Wohnung geerbt hatte, hatte es im damaligen Stil eingerichtet. Ein Sofa, zwei Stühle, ein schwerer Sessel, Vorhänge und Teppiche in schönem Scharlachrot. Über dem Kamin hing ein großer Spiegel in einem Rahmen, von dem das Gold schon ein wenig abblätterte, der aber nach Meinung von Ralphs Freunden trotzdem sehr wirkungsvoll war. Ihn erblickte man, sobald die ihm gegenüberliegende Tür aufging. Links waren zwei Fenster zur Straße, ein paar Bücher in einem Regal und in einer Ecke ein großer Bücherschrank. Das war die ganze

Einrichtung, die sich nie vom Fleck rührte, außer als sie in dem Alptraum des jungen Mannes so unbarmherzig durcheinandergeworfen worden war.

Weil er nun in dem ständigen Wahn lebte, daß sich ein Unbekannter in dem Zimmer versteckte, wenn er, Ralph, sich nicht dort aufhielt, begann er sich schließlich davor zu fürchten. Vielleicht wäre es das beste, entschied er eines Tages, sich eine ganze Weile reglos in einer Ecke zu verstecken, so zu tun, als wäre man nicht da, und dabei hinter dem Ohrensessel zu sitzen, wo einen niemand sehen konnte; dieser Plan erschien ihm sehr bald ebenso kindisch wie furchterregend, denn genau so würde sich ein Geistesgestörter verhalten. Nicht anders war es mit dem Plan, ganz plötzlich die Türe aufzureißen und so vielleicht das Zimmer gerade in dem Augenblick zu überraschen, wenn es nicht darauf gefaßt war ... Weil er schon zu oft enttäuscht worden war, entschied er sich für eine vollkommen andere Vorgehensweise.

Ohne sein Kommen anzukündigen, betrat er sein Zimmer und setzte sich, wo es ihm gefiel, um mit einem Buch oder einer Zeitung in der Hand alles unauffällig zu beobachten, zu belauern. Seine Methode war einfach: Jedesmal, wenn sein Blick einer Zeile von links nach rechts gefolgt war, hielt er beim letzten Wort für den Bruchteil einer Sekunde inne und durchsuchte blitzschnell das Zimmer. Nach fünf oder vielleicht zehn Minuten hörte er damit vor Erschöpfung und noch mehr aus Enttäuschung wieder auf. Die Leere gab ihr Geheimnis nicht preis.

Das lag aber vielleicht an Ralphs mangelnder Aufmerksamkeit während seiner Lektüre. Er mußte sich zwingen, nicht bei jedem Satz den Faden zu verlieren und den Sinn jedes einzelnen Wortes genau zu verstehen. In diesem Augenblick konnte der Unbekannte sehen, daß sich Ralph von der Außenwelt entfernte und diese *untätige* Zeitspanne dafür nutzen, um zu fliehen, sich in einer anderen Ecke des Zimmers zu verstecken.

Eines Nachts war er nach dem siebten oder auch achten Mißerfolg so verzweifelt, daß er vor Wut zu weinen anfing und wie ein Kind mit den Füßen aufstampfte. Sein eigenes Geschrei brachte ihn wieder zu sich, und er stopfte sich sein Taschentuch in den Mund. Man hätte ihn hören können, und wieder überkam ihn im Schlaf die jähe Angst davor, für einen Narren gehalten zu werden.

Eine ganze Woche verging, ohne daß er neue Versuche unternommen hätte. Von seinen Arbeitskollegen besuchte ihn jetzt nur noch einer, weil ihn eigentlich niemand mehr unterhaltsam fand. »Ganz nett, aber sonderbar ...« Seine regelmäßigen Ungeschicklichkeiten erregten ein gewisses Mitleid, man schützte ihn vor den Zornesausbrüchen seines Chefs, indem man seine Arbeit hie und da ein wenig korrigierte, weil er wegen seiner guten Laune beliebt war, wegen seiner Angewohnheit, ohne Grund zu lächeln. Das war seine Antwort auf alles, selbst auf die Donnerwetter seines Chefs, der sich im übrigen aus ganz persönlichen Gründen ein wenig beruhigte, sobald er mit Ralph zu tun hatte, und nach wie vor behauptete, Ralph sei noch neu bei ihnen – als wäre er eine Maschine, deren Unzuverlässigkeiten man noch nicht recht kannte. Man wußte nur, daß er allein lebte und daß die Hausmeisterin mehr oder weniger regelmäßig nach ihm sah.

Seine Kollegen reizten ihn immer wieder mit detaillierten Berichten über den wunderbaren Abend bei der Baronin Vonundzu. Am Anfang quälten sie ihn auch immer wieder mit der gutgemeinten Frage: »Warum bist du nicht gekommen?«

Er wagte nach wie vor nicht, ihnen zu erzählen, daß er geschlafen hatte, anstatt tanzen zu gehen. Was seinen Alptraum betraf, so hatte er keine Wahl. Er bewahrte sein Schweigen, und weil er so gedemütigt wirkte, verzichtete man schließlich auf das Vergnügen, ihn zu schikanieren. An einem freien Tag aber kam einer seiner Kollegen gegen Abend zu ihm in seine Wohnung, der letzte Freund, der ihm geblieben war.

Es war ein rothaariger junger Mann mit weit auseinanderstehenden Zähnen, der es witzig fand, in die Einsamkeit von jemandem einzudringen, den sie unter sich den »Volltrottel« nannten. Ralph war nicht sehr begeistert über diesen Besuch, trotzdem lächelte er ihn an wie immer. Fred, sein Gast, schlug vor, zusammen etwas trinken zu gehen. Bei diesem Vorschlag versuchte er zwar, ein freundliches Gesicht zu machen, aber seine Zahnlücken verliehen ihm trotz allem etwas Wildes.

»Nein«, sagte Ralph.

Daraufhin stellte ihm Fred alle möglichen beunruhigenden Fragen, deren Sinn Ralph nicht begriff.

»Was machst du, wenn du dich amüsieren willst?«

»Ich weiß nicht. Ich gehe zum Beispiel spazieren.«

»Das ist doch kein Vergnügen! Was noch?«

»Ich lese.«

»Das ist idiotisch, es erinnert an arbeiten. Und sonst?«

»Sonst nichts.«

»Sonst nichts!« äffte Fred ihn nach, indem er den Kopf nach links neigte.

Ohne auf diese Beleidigung einzugehen, rief Ralph plötzlich: »Fred, da ist jemand neben mir, rechts neben mir. Wer ist das?«

»Du spinnst. Da is' keiner.«

»Doch, ich sehe ihn aus den Augenwinkeln, aber sobald ich ein bißchen in seine Richtung schaue« – er tat es –, »verschwindet er. Schau' noch mal nach. Er ist schwarz angezogen und trägt irgend etwas Rotes um den Hals.«

Fred steckte die Hände in die Taschen und fing an zu pfeifen.

»Mein lieber kleiner Ralph«, sagte er im Gehen, »wenn du mich auf den Arm nehmen willst, laß ich dich lieber allein. Wir sehn uns morgen im Büro.«

Als er die Tür öffnete, fügte er noch hinzu: »An deiner Stelle würde ich Licht machen. Der Einbruch der Nacht macht einen leicht schwermütig.«

Als wollte sie ihn in dieser Meinung unterstützen, zerstörte die aufleuchtende Straßenlaterne das Halbdunkel, und das ganze Zimmer schien plötzlich auf der Lauer zu liegen.

Allein zurückgeblieben, schaltete Ralph eine kleine Lampe an und schloß die Fensterläden. Fred hatte ihm einen Schock versetzt. Jedes Wort, das zwischen seinen Kannibalenzähnen durchgeschlüpft war, hatte eine Welt zerstört. Jetzt, wo nach Ralphs Überzeugung alles möglich schien, hatte er das Geheimnis, dem er gerade sehr nahe gewesen war, nur gestreift. Nun hatte er zwei leere Stunden vor sich, bevor er zu Bett gehen konnte.

Er ließ seinen Blick ziellos umherschweifen und suchte irgendwie nach der Person von vorhin. Aber da war nichts. Der Zufall hatte diesen plumpen Fred genau zu dem Zeitpunkt auf der Bühne erscheinen lassen, der dafür günstig gewesen wäre, den unsichtbaren Spaziergänger zu ertappen.

Darüber war der junge Mann sehr erbost: Fred hatte mit seinem ungebetenen Besuch alles verdorben und ihn noch dazu durch seine Spötteleien verletzt. Kaum hatte sich sein Ärger gelegt, überkam ihn das Verlangen, das Experiment noch einmal zu beginnen. Wie sollte er vorgehen? Sich mit einem Buch in der Hand in seinen Sessel setzen ... und wieder heimlich auf der Lauer liegen? Auf jeden Fall schien es wichtig zu sein, sich nicht zu bewegen.

Er vergrub sich in dem großen Ohrensessel und rührte sich nicht. Die Person, die er in Gedanken den *Unbekannten* nannte, war nicht sofort erschienen. Die absurde Unterhaltung mit Fred hatte bereits einige Minuten angedauert. Also warten, er mußte warten, an irgend etwas denken, reflektieren, wie man so schön sagt. Um das Ganze zu vereinfachen, verschränkte er die Arme und begann an zwanzig verschiedene,

mehr oder weniger vernünftige Themen zu denken.

Aber vielleicht war auch das eine Falle. Konnte es sein, daß der *Unbekannte* von den Gedanken angezogen wurde, die einem durch den Kopf gingen? Sein graues Gewand und der rote Schal, oder was immer das war, verrieten nichts über seine Person. Eine volle Viertelstunde verging, ehe sich Ralph einer merkwürdigen Tatsache bewußt wurde. Seit er in dem großen Sessel saß, hatte er ohne Unterlaß in einer krampfartigen Bewegung den Kopf von links nach rechts und wieder nach links gedreht. Das fiel ihm jetzt erst auf.

Erschöpft von der Anspannung stand er auf und entledigte sich seiner Kleider, um zu Bett zu gehen und im Schlaf Vergessen zu suchen.

Für gewöhnlich freute er sich seines Lebens, wenn er morgens das Bett verließ, aber der folgende Morgen erschien ihm düster, und er begegnete seinen Kollegen von der Versicherungsagentur mit einem Lächeln, das deutlich weniger strahlend war als sonst. Fred wurde mit gar keinem Lächeln bedacht, was nicht unbemerkt blieb.

Weil sich der Laufbursche eine Erkältung zugezogen hatte, wurden dessen Aufgaben Ralph übertragen. Darin sah er nichts Unwürdiges, weil ihm diese kleinen Spitzen entgingen und seine Arbeit jedem als Beispiel für Schnelligkeit und Sorgfalt galt. Und Fred, der sich ein wenig dafür schämte, dem *Volltrottel* so zugesetzt zu haben, unternahm sogar einen Versöhnungsversuch.

»Na, Alter«, sagte er, »wir sind hier doch alle Kumpel, oder? Also, vergessen wir das mit gestern abend, ja?«

Ralph sah ihn an.

»Nein«, sagte er.

»Was soll das? Warum denn nicht?«

»Jemand wollte mich sehen, du hast ihn vertrieben«, murmelte Ralph.

Fred drehte sich zu den anderen und tippte sich hinter Ralphs Rücken an die Stirn, und dann entstand eine sonderbare Stille, so als hätte eine unsichtbare Person den Raum betreten.

Mit seiner schon fast regelmäßigen Verspätung von anderthalb Stunden traf der

Herr Direktor in einer Whiskeywolke ein und machte die kleine Bemerkung, die seit der vagen Erinnerung an eine vergangene Freundschaft, die das Gesicht des Neuen in ihm hervorrief, zu einem Ritual geworden war.

»Ah, alle bei der Arbeit, und unser junger Freund ist besonders beschäftigt!«

Man erklärte ihm die Situation. Er schüttelte verständnislos den Kopf und beauftragte Ralph damit, Ordnung in die Wirtschaftszeitungen der laufenden Woche zu bringen. Es fanden sich noch andere Beschäftigungen dieser Art, um seine Gegenwart an diesem Tag zu rechtfertigen, gerade so, als wollte man ihn nicht zu sehr aus seinen Träumen herausreißen.

Ralph kam nicht über die verpaßte Gelegenheit hinweg. Der nicht greifbare Gast in dem leeren Zimmer hatte sich ihm genähert, um sogleich durch die Anwesenheit eines plumpen Fremden wieder vertrieben zu werden. Welch vermessene Hoffnung, er könnte bei einer erneuten Erforschung des Unsichtbaren Erfolg haben! Das gelang ihm jedoch noch am selben Abend; diesmal hatte er aber die Türe zweimal abgesperrt und die Vorhänge sorgfältig zugezogen. Nur die winzige Lampe direkt neben dem großen Sessel verbreitete ein wenig Licht, das diskret und irgendwie komplizenhaft wirkte. Das war die Inszenierung, die Ralph für geeignet hielt, um den Fremden anzulocken, den er nicht für ein Gespenst hielt, wie Fred in seiner Flegelhaftigkeit behauptet hatte. Außerdem hätte eine Erscheinung aus dem Reich der Toten einen jungen Mann mit einer derartig überentwickelten Phantasie, wie Ralph sie besaß, vor Angst in den Wahnsinn getrieben.

Die schwarzgekleidete Person, die er am Abend zuvor beinahe gesehen hätte, kam aus einer Welt ohne Schrecken. Damit war auch ihr unbegreiflicher Zauber zu erklären. Ihre Gegenwart war nichts anderes als eine Wohltat. Und während er sich mit dem Kopf fast ebensosehr in die Sache hineinsteigerte wie mit dem Herzen, glaubte sich Ralph einem Rendezvous nahe, mit all den köstlichen und grausamen Ungewißheiten, die nun einmal zu einem derartigen Ereignis gehören.

Plötzlich erschien durch die Tür seines Zimmers, oder vielmehr aus dem Bild dieser Tür im Spiegel über dem Kamin, eine schwarzgekleidete Person, die sich zunächst nicht bewegte. Das Licht der kleinen Lampe war zu schwach, um ihr Gesicht erkennen zu lassen, man ahnte jedoch, daß es ein jugendliches, lächelndes Gesicht war. Instinktiv lief Ralph nicht zum Kamin, sondern zu der Tür, die sich soeben geöffnet und wieder geschlossen hatte – aber da war niemand. Schaudernd drehte er sich um. Der Unbekannte, der jetzt auf ihn zukam, mußte also durch das Bild der Tür im Spiegel getreten sein.

»Wer sind Sie?« schrie Ralph.

Er bekam keine Antwort, aber der Unbekannte, der jetzt ganz nah bei ihm stand, berührte mit dem Zeigefinger seine Brust und löste sich in Nichts auf, wie ein Schatten in einem Windhauch.

Ralph wußte nicht mehr, was er tat, er schlug vor Zorn und Angst mit den Fäusten gegen die Tür, bis er schließlich den Schlüssel in seiner Tasche fand – denn sie war gründlich abgesperrt, seine Tür – und sie so heftig aufstieß, daß er beinahe auf die Nase gefallen wäre. Aber das kleine Zimmer nebenan war genauso leer.

Nachdem er sich auf sein Bett geworfen und das Gesicht in den Kissen vergraben hatte, als letzte Zuflucht vor der Verzweiflung, versuchte er das Unbegreifliche zu verstehen. Wer war der Unbekannte? Er hatte sich nur einen undeutlichen Eindruck von seinen Gesichtszügen, seinem Blick bewahrt. Dennoch plagte ihn jetzt die verschwommene Erinnerung an jemand, den er schon einmal gesehen haben mußte, nur wo? Über diesen Ungereimtheiten schlief er ein.

Am nächsten Morgen sahen seine Bürokollegen alle wie betäubt und abgespannt aus, ihre Müdigkeit sprach Bände. Jeder hatte nur den einen Wunsch, ins Archiv zu gehen und dort ein Schläfchen zu halten. Trotzdem versuchten sie Ralph von der Überraschungsparty am vergangenen Abend zu erzählen.

»Du hättest dabeisein müssen ... Um drei Uhr morgens haben wir einen Höllenlärm veranstaltet. Die Nachbarn haben getobt, die Bullen sind aufgekreuzt.«

»Was soll's!« rief Fred, »einmal im Monat wird das wohl noch erlaubt sein. Klar, wir haben eine ganze Menge getrunken und uns wie immer ziemlich aufgeführt, na und! Da hast du wirklich was verpaßt. Aber du schaust auch todmüde aus! Was hast du denn getrieben?«

Ralph wagte nicht zu sagen, daß er sein Bett nicht verlassen hatte. Dieses Bild von einem ungeordneten Leben versetzte ihn in eine Betäubung, die seine mangelnde Erfahrung verriet, was die große Welt anbelangte. Als er so ein ernstes Gesicht machte, kamen seine Kollegen stillschweigend überein, sich mit weiteren neugierigen Fragen an ihn in Zukunft zurückzuhalten. Ganz im Gegensatz zu dieser mysteriösen Überraschungsparty, hatte er sich an dem Abend mit seinem ungreifbaren Unbekannten seine Sehnsucht nach den Lebensbereichen bewahren können, die nicht von der brutalen Wirklichkeit des Alltags gestört werden. Es hätte nicht viel gefehlt und sein Traum von der Flucht aus sich selbst, den er irgendwie schon seit seiner Kindheit verfolgte, hätte sich für ihn in der

Einsamkeit verwirklicht. Der Unbekannte, wie er ihn nannte, war ihm wie ein unvorhergesehener Leitstern erschienen.

Seine Bemühungen, ihn wiederzusehen, blieben grausam erfolglos. Womit konnte er ihn zwingen, zurückzukehren? Stundenlang reglos in seinem Zimmer zu warten und dabei an ihn zu denken, wurde immer quälender, weil er sich am Ende dafür schämte. Das Gefühl, dieses Gesicht schon lange bevor es ihm in jener Nacht erschienen war, gesehen zu haben, entwickelte sich zu einer wilden Überzeugung, aber sein Gedächtnis gab ihm keine Unterstützung. Manchmal sprach er mit lauter Stimme zu dem ewig Abwesenden und flehte ihn an, Mitleid zu haben und noch einmal zu erscheinen. In solchen Augenblicken überkam ihn dann die schreckliche Angst, den Verstand zu verlieren, und er schwieg dann plötzlich aus Entsetzen vor sich selbst.

Ganz allmählich veränderte sich sein Wesen. Im Büro wollte sich niemand an sein sorgenvolles Gesicht gewöhnen, und jeder trauerte seinem aufheiternden Lächeln nach, das sein Gesicht früher ohne ersichtlichen Grund, schon aus reiner Lebensfreude, überzogen hatte – und das in diesem muffigen Büro, wo alle nur ungeduldig darauf warteten, nach Hause gehen zu dürfen.

»Eine Party würde vielleicht alles wieder in die Reihe bringen«, legte Fred seinen Kameraden vertraulich nahe. »Er braucht Unterhaltung, stimmt's? Wir können ihn doch nicht in Depressionen versinken lassen! Er muß sich einfach ins Leben stürzen, oder?«

Leider hatten sie erst wieder in einem Monat Anspruch auf eine Party, nach dem Lärm, den sie das letztemal gemacht hatten. Und wo sollte die Party stattfinden?

Ein unverhoffter glücklicher Umstand löste ihr Problem. Es handelte sich nicht um ein gewöhnliches Fest, sondern um eine große Nacht, die *Große Nacht der Kinder*, veranstaltet unter der Schirmherrschaft der Mächtigen des Tages. Natürlich spielten die Kinder dabei eine gewisse Rolle, aber sie dienten eigentlich nur als Vorwand. Die Anwesenheit der armen Kinder war symbolischer Natur, und diese Nacht setzte viele Erwachsene in Bewegung, die darin eine günstige Gelegenheit sahen, sich zu amüsieren und Geld auszugeben. Vergnügungen aller Art erwarteten einen. Welch prächtige

Einführung in die Gesellschaft war das für den noch unschuldigen Ralph! Außerdem blieb der Anstand gewahrt, denn der Form halber waren überall Kinder dabei.

Das Fest war nicht kostenlos, man benötigte eine Einladung. Mit Hilfe eines Tricks, wie Fred das nannte, kamen sie ohne große Mühe an die Einladungen. Viel schwieriger war es aber, Ralph das Versprechen zu entlocken, daß er sich der kleinen Gruppe von Arbeitskollegen anschließen würde. Große Anstrengungen waren nötig, um seine kindliche Furchtsamkeit, seine Menschenscheu zu besiegen – seltsamerweise sagte ihm aber, gerade als er sich verzweifelt gegen die Überredungsversuche seiner Kameraden zu wehren versuchte, eine Stimme heimlich und ohne Widerspruch zu dulden: »Sag ja, laß es uns ansehen.«

Zitternd gab er nach. Diese Stimme, von der er nicht wußte, woher sie kam, meldete sich seit einigen Tagen zu Wort, wenn er in seinem Zimmer war und dem Unbekannten auflauerte.

Endlich begann das Fest, das mit allem Getöse, über das die Presse verfügte, angekündigt worden war. Das städtische Opernhaus war als prunkvoller Schauplatz für diese unvergleichliche Wohltätigkeitsveranstaltung bestimmt worden. Jeder, der in der Gesellschaft Rang und Namen hatte, schritt gekünstelt langsam zwischen zwei Reihen uniformierter Gardesoldaten mit geschulterten Säbeln die Freitreppe hinauf. Es folgte das Heer der geladenen Gäste und schließlich das gewöhnliche Volk, darunter auch Ralph, dessen Herz vor Aufregung laut klopfte. Seine Kameraden hatten ihm eine Fliege umgebunden, damit er wenigstens etwas »angezogen« aussah, und Fred hatte ihm mit Gaucho-Brillantine das Haar an den Kopf geklebt – »das ist modern, alter Knabe, laß mich nur machen ...« In dieser Verkleidung und mit seinen vor Angst und Neugier weit aufgerissenen Augen erinnerte er an ein wildes Tier, das sich im Wald verirrt hatte.

Der Heidenlärm des gewaltigen Stimmengewirrs brandete bis an das Deckengewölbe, und annähernd überall thronten über den Menschen die nackten Gestalten einer Mythologie, die dem guten Ton entsprach.

Wohlweislich hatte man in einem großen Saal die feinen Kinder versammelt, die die armen Kinder vertraten und nichts anderes im Sinn hatten, als sich wie ihre Väter und Mütter auf das Büffet zu stürzen. Am oberen Ende der Treppe hatten die bedeutendsten Persönlichkeiten in roten Sesseln Platz genommen, die kreisförmig um eine riesige, gleichfalls mit blutroten Teppichen ausgelegte Fläche aufgestellt waren – dann wurden Reden gehalten.

Die erste Ansprache hielt mit tiefer und kraftvoller Stimme ein korpulenter Redner, dessen Ausführungen von einer überwältigenden Sittlichkeit bestimmt zu sein schienen. In seinem roten Gesicht öffnete sich ein viereckiger Mund, den lauter fast identische Sätze verließen. Sie flossen in einem Strom größter Belanglosigkeiten dahin und wurden mit Beifallsstürmen bedacht, die jedes einzelne Gehänge an jedem Leuchter erzittern ließen.

Fred schrie dem verdutzten Ralph ins Ohr: »Das ist der mächtigste Minister. Vor dem hat sogar der Präsident Angst.« Aber Ralph fühlte sich viel mehr durch die Gegenwart einer Person verunsichert, die er noch nicht richtig hatte sehen können, obwohl sie direkt neben ihm stand, gleich hinter seiner linken Schulter. Jedesmal wenn er nach links sah, war dort aber niemand außer der Menschenmenge. Inmitten dieses Tumultes drang ein Wort des ungreifbaren Unbekannten an sein Ohr: »Sieh dich um, sieh dich gründlich um. Dann verstehst du alles.«

Und Ralph sah sich mit aller Gründlichkeit um. Er sah die Masse von Männern in ihren mit Orden und Kreuzen bestückten Anzügen und empfand nur Entsetzen. Andere Reden verflüchtigten sich, weniger beachtet, ins Nichts, endlich wurden die Säle geöffnet, in denen gewaltige Büffets den Ansturm von groß und klein über sich ergehen ließen. Wie eine Mauer aus schwarzem Tuch verharrte die Gruppe der wichtigen Persönlichkeiten im oberen Stockwerk. Dort machte Champagner die Runde – hoch die Gläser auf die Republik!

Ein Orchester begann eine fröhliche Melodie: Jetzt durften die jungen Mädchen auftreten. Sich an der Hand haltend, stürzten sie unter fröhlichem Geschrei vorwärts, um bei der Ministerrunde die dankbaren Kinder zu spielen. Aber in dem Salon der Offiziellen verloren sie vor jugendlichem Übermut den Kopf und waren nicht mehr Herr ihrer Begeisterung, die sie bis zu all diesen Männern gebracht hatte. Sie rührten sich nicht. Welch verwirrende Überraschung, welch Wunder! – sie zogen an diesem Wald aus Beinen vorbei wie durch dichten Nebel und verschwanden auf der anderen Seite. Die schwarzgekleideten Gestalten hatten anscheinend nichts bemerkt und sahen exakt genauso aus wie noch eine Sekunde zuvor. Dabei ertönte von allen Seiten Beifall, und einige riefen: »Bezaubernd! Bravo, ihr Mädchen!«

Ralph, der mitten in der Menschenmenge stand, hatte sich den Mund zugehalten, um einen Schrei zu ersticken. Jetzt hielt er sich wirklich für verrückt und klammerte sich an Freds Arm.

»Was ist denn mit dir los?« fragte Fred.

»Wo sind sie hin, die Mädchen?«

»Keine Ahnung. Wahrscheinlich sind sie auf der Suche nach Kuchen. Wieso interessiert dich das?«

»Sie haben nicht getanzt, Fred«, fuhr Ralph mit erstickter Stimme fort. »Sie sind auf diese alten Herren zugelaufen und durch

sie hindurchgegangen, als wären sie nicht da!«

»Also Ralph, du bist wohl nicht ganz bei Trost! Siehst du schon wieder Gespenster?«

Ralph antwortete nicht. Die Herren auf der Estrade klatschten und lächelten freundlich, dann begaben sie sich in aller Ruhe in den Saal für die Ehrengäste, während sich ein vor politischer Hysterie zitternder Hofstaat auf sie stürzte. Ralph konnte nicht verstehen, was gesprochen wurde. Ihm wurde schwindlig, schließlich wußte er nicht mehr, wo er war, denn neben seiner Schulter ahnte er die Gegenwart des Unbekannten, der immer wieder die gleichen Worte zu ihm sagte: »Sie sind das, wofür sie sich halten, nämlich nichts. Sieh sie dir an und geh.«

»Fred, ich möchte gehen«, sagte Ralph und zupfte seinen Begleiter am Ärmel.

»Ist dir nicht gut?«

»Doch ... nein ... ich weiß nicht.«

Ohne lange zu überlegen, nahm ihn Fred an der Hand und durchquerte mit ihm die schnatternde Menge. So gingen sie die Treppe hinunter. Unten in der Halle angekommen, sagte Fred in nun doch leicht gereiztem Ton:

»Jetzt rede geradeheraus ... Willst du allein sein?«

Er hätte es nicht taktvoller sagen können. Fred war nicht so grob, wie Ralph geglaubt hatte.

»Nein«, sagte er, »danke.«

»Geh weiter die Treppe hinunter«, sagte die heimliche Stimme.

Ralph gehorchte, wobei er immer wieder von den Leuten angerempelt wurde, die in einem großen Durcheinander hinaufgingen, aber er achtete nicht darauf.

»Ich komme mit«, sagte Fred, der sich plötzlich Sorgen machte.

Ralph schien nicht zu bemerken, daß Fred ihn noch immer am Arm hielt. Nach ein paar Minuten gelangten sie in die Garderobe. Dort gab ein riesiger Spiegel, der in einer Wandvertiefung hing, den Gästen, die sich um ihr Aussehen sorgten, Gelegenheit, einen prüfenden Blick darauf zu werfen.

»Hier bleibst du stehen«, befahl die Stimme.

Sofort blieb Ralph stehen und wandte sich ratlos zu Fred.

»Und jetzt?« fragte der mit einem inzwischen leicht spöttischen Lächeln.

In diesem Augenblick berührte sie eine nicht mehr ganz junge Dame behutsam an der Schulter. Sie hatte ihre Stola in der Garderobe abgegeben und wollte sich noch hübsch machen, bevor sie sich die Treppe hinaufbemühte.

»Erlauben Sie bitte«, sagte sie und nahm Ralphs Platz ein.

Mit ihrer mageren Hand ordnete sie den Schal, der verrutscht war, dann betrachtete sie prüfend die Haut an ihrer Stirn und an den Wangen, als ob sie allein wäre, machte eine schöne Grimasse von jeder Seite, um sich zu vergewissern, daß alles in Ordnung war, und verschwand genauso farblos, wie sie gekommen war.

»Jetzt bist du an der Reihe«, sagte die Stimme, »sieh dich an.«

Ralph sah in dem Spiegel den jungen Mann, den er gut zu kennen glaubte, und schwieg einen Augenblick.

»Bist du nicht fesch?« fragte Fred. »Gar nicht so übel, das kann man schon lassen.«

»Wer ist im Spiegel zu sehen?« fragte die heimliche Stimme.

»Natürlich ich«, sagte Ralph ungeduldig.

»Dann gib darauf acht. Laß es dir nicht nehmen.«

»Was soll ich mir nicht nehmen lassen?« fragte der junge Mann beunruhigt. »Das verstehe ich nicht.«

»Alter Knabe«, sagte Fred, »wenn du jetzt anfängst, Selbstgespräche zu führen, verzieh' ich mich lieber; aber du solltest dich etwas herrichten.«

Und grinsend ergriff er die Flucht. Jetzt fühlte sich Ralph einsam, obwohl zahllose Menschen ganz in seiner Nähe waren, und er hatte Angst. In seiner Verwirrung kam ihm der Gedanke, den Unbekannten um Hilfe zu bitten.

»Sag irgend etwas«, flehte er.

Ein Flüstern kitzelte sein Ohr.

»Schließ' jetzt die Augen.«

Ralph gehorchte.

»Du wirst nie einsam sein, wenn du bleibst, wie du bist, mit deinem *Ich.* Jetzt mach' die Augen wieder auf, und wenn du willst, daß der Unbekannte mit dir spricht, beobachte deine Lippen im Spiegel.«

Mit klopfendem Herzen richtete Ralph einen detektivischen Blick auf seinen Mund. Die Lippen öffneten sich ein wenig.

»Ich bin ICH, dein lieber Unbekannter. Und wir sind ein und dieselbe Person«, sagte sein Mund. »Nein, schrei' jetzt nicht, keine hochgezogenen Brauen, keine vor Schreck geweiteten Pupillen. Ganz ruhig. Du bist ein ganz normaler, freundlicher junger Mann. Die schwarzgekleideten Herren auf der Estrade waren in deinem Alter auch nicht anders als du. Jetzt sind sie Finanzleute, Bankiers, Minister und sonst noch einiges, es sind Plaudertaschen, die aussehen wie richtige Menschen. Ihre Hülle umgibt sie wie ein Körper. Sie essen, sie trinken, benehmen sich wie alle, haben überall Schlösser und sind so reich, daß man vor Neid erblassen könnte ...«

»Ich habe gesehen, wie die Mädchen durch sie hindurchgegangen sind wie durch Luft«, sagte Ralph.

»Weil sie nichts anderes sind als Luft. Sie sehen aus wie Menschen, das ist aber auch schon alles. Ihr Ich hat sich in Luft aufgelöst.«

Mit einemmal wurde Ralph bewußt, daß mehrere Leute um ihn herumstanden und seinem Monolog mit einem irgendwie verdächtigen Interesse zuhörten, das ihn ver-

stummen ließ. Ihm wäre es lieber gewesen, sie hätten gelächelt, statt ihn wie einen Kranken besorgt anzusehen. Eine Hand in der Tasche, verließ er langsam und mit gespielter Gleichgültigkeit die Garderobe und begab sich zum Haupteingang, wo die neugierigen Zaungäste etwas zu sehen versuchten. Schweißtropfen glänzten auf seiner Stirn. Noch nie zuvor hatte er sich so bedroht gefühlt, und er drehte sich einige Male um, um sich zu vergewissern, daß ihm niemand folgte.

Plötzlich hörte er zu seiner Überraschung, daß jemand seinen Namen rief, und kurz darauf erblickte er Fred, der sich einen Weg zu ihm durch die Menge bahnte.

»Na, alter Knabe, da bin ich wieder, du hast mir doch ein bißchen Angst eingejagt. Wir organisieren uns vor der Oper ein Taxi, und dann bring' ich dich nach Hause.«

Ralph gehorchte dankbar. Auf der anderen Seite des Opernplatzes waren genug Taxen, und es dauerte nicht einmal eine Viertelstunde, da saßen sie schon in seinem Zimmer, das sich auf geheimnisvolle Weise darüber zu freuen schien, ihn wiederzusehen. Fred hatte alle Lampen eingeschaltet.

»Hast du Hunger?« fragte er ihn fürsorglich. »Ich kann dir etwas zu essen machen.«

Dieser Fred war nicht der grobe Kerl aus dem Büro. Seine besorgte Miene drückte Freundschaft aus.

»Danke, ich möchte nichts«, sagte Ralph. »Wenn du willst, bleibe ich noch ein bißchen bei dir.«

Ralph schüttelte den Kopf.

»Möchtest du lieber allein sein?«

»Ja, allein.«

Er mußte plötzlich lachen und sagte noch einmal: »Allein!«

Fred ging wortlos.

Ralph war von den Aufregungen völlig erschöpft und verkroch sich in seinem Sessel. Sofort stürzten sich die Schimären auf ihn wie auf ihre Lieblingsbeute. Das Opernhaus, die Musik, die Menschenmenge, die schwarzen Anzüge und die jungen Mädchen, vor allem aber der riesige Spiegel und die allzu aufmerksamen Neugierigen – alles vermischte sich zu einem verwirrenden Durcheinander, und plötzlich war er *an einem anderen Ort*. Der Lärm und die Bilder verschwanden. Er bewegte sich durch Räume, die unaussprechliches Glück atmeten. Was sah er, und was hörte er? Er hatte alles vergessen, er war untergetaucht in ein unbeschreibliches Element, und er war auch *selbst* dieses Element, durch das er tauchte – eine grenzenlose, namenlose Freude.

Und plötzlich wurde ihm bewußt, daß er sich nicht bewegte, daß diese Flucht nach vorn Einbildung war und daß er sich bei all dieser schwindelerregenden Bewegung nicht vom Fleck rührte. Die Erinnerung an den, der er einmal gewesen war, verlosch in einem Glückstaumel. Wie lange dauerte diese Vernichtung schon? Er hatte keine Ahnung. Stunden und Minuten waren nicht mehr von Bedeutung.

In dem darauffolgenden Zustand der Erschöpfung bat er den Unbekannten um Hilfe, und alsbald sah er in dem großen Spiegel im Hintergrund, daß sich die Türen seines Zimmers öffneten – und sein Begleiter war da.

»Ralph«, sagte er, »wir haben etwas Außergewöhnliches erlebt, nicht wahr? Diese kleinen Exkursionen ... alles in allem sehr charmant.«

»Was heißt das? Warst du auch da?« fragte Ralph verblüfft.

»Wo sollte ich sonst sein, wenn nicht bei dir, ich bin doch du, du, du! Glaubst du wirklich, ich lasse mir ein solch erstklassiges Vergnügen mit all seinem Glanz und Pomp entgehen? Wie armselig ist doch dieses Opernfest verglichen mit dem, was wir beide, ganz für uns allein, erreichen können! Mein lieber kleiner Ralph, deine Bildung läßt zu wünschen übrig. Wir wollen die langweilige Demonstration mit dem Spiegel nicht wiederholen, aber versenke deinen Blick trotzdem noch einmal in diese große Fläche, die glatt ist wie Wasser.«

»Ja, und? Sie spiegelt die Tür meines Zimmers!«

»Es ist immer noch ein ganz gewöhnlicher Spiegel, wenn man sich darin betrachten will. Also tu, was ich dir sage.«

Ralph gehorchte, ohne zu zögern. Der Unbekannte nahm wieder seinen Platz im Spiegel ein.

»Jetzt hebe den rechten Arm«, sagte er.

Ralph hob voller Eifer und Neugier seinen Arm.

»Wunderbar, sieh mich jetzt an. Ich hebe auch einen Arm, aber es ist mein linker.

Du siehst dich nie so, wie du wirklich bist, Ralph.«

»Aber ich sehe mich doch!« rief der junge Mann.

»Nein«, antwortete der Unbekannte, »du siehst nur ein spiegelverkehrtes Bild von dir, du siehst dich also nie so, wie du bist.«

»Oh, ich werde noch verrückt.«

»Ich verbiete dir diese Tour. Aber warte ein bißchen. Als du gesehen hast, wie ich den Garderobenspiegel in der Oper verließ, hast du genau gewußt, daß du mich hier wiederfinden wirst. Die Spiegel stehen alle miteinander in Verbindung. Es ist *ein anderer Ort*, die Welt, von der jeder träumt. Ich verrate dir noch etwas. Hebe wieder deinen rechten Arm. Und sieh mich genau an. Diesmal werde ich auch meinen rechten Arm heben.«

Ralph stieß einen Schrei aus. Das Spiegelbild – sein Bild – gehorchte ihm nicht mehr.

»Nicht so heftig«, sagte der, den er den Unbekannten nannte, »nicht so heftig, wir sind keine Spiegelbilder mehr: Das ist die vierte Dimension. Also still! Hier und jetzt ist alles möglich, hier gibt es wirklich alles, wovon die Gelehrten immer träumen und was sie nie, niemals entdecken werden. Dabei ist es so einfach ...«

Ralph starrte ihn so entgeistert an, daß der Unbekannte lachen mußte.

»Na, was ist, Ralph?« sagte er. »Komm doch ein bißchen zu mir herüber.«

Dabei begab er sich in den Hintergrund des Spiegels, dorthin, wo eine Tür zu sehen war; schon berührte er die Türklinke. Ralph kam näher.

»Nein!« rief der Unbekannte, »so kannst du nicht hereinkommen, Spiegel sind feste Körper, verstehst du. Du mußt durch die Tür von deinem Zimmer eintreten. Geh auf die andere Seite, aber öffne sie gleichzeitig mit mir. Ja, ich gehe durch das Spiegelbild hinaus.«

Ralph gehorchte. Der Unbekannte führte seine Hand dorthin, wo Ralph eine Tür sah, und wie durch ein Wunder gab diese Tür dem Druck nach und öffnete sich. Ralph hingegen verließ sein Zimmer durch die gewöhnliche Tür und war der Meinung, sich in das Zimmer zu begeben, in dem er abends seine Kleider ablegte und sich jeden Morgen anzog, aber der Raum, in dem er sich jetzt befand, war ein einziges großes Leuchten, und vor sich sah er den Unbekannten, der ihn mit einem leisen Lächeln auf den Lippen zu erwarten schien:

»Sehr gut, jetzt sind wir beide an *einem anderen Ort.* Dort, wo ich dir alles sagen will, was du wissen mußt, damit du deinen Weg bis zum Ende gehen kannst. Du bist noch jung! Aber bewahre dir diese Kindlichkeit, sie ist dein Reichtum – und auch meiner. Denn ich bin du, das heißt ...«

»Ich!« schrie Ralph.

»Ich, ich, ich! Du sagst nichts anderes mehr, und dabei weißt du nicht einmal genau, was es bedeutet. Ich erkläre es dir. Ich, das ist fast nichts und fast alles. Das ist die Art, mit der du den Kamm nimmst, um der großen Stirnlocke Herr zu werden, die sich nicht glätten lassen will; das ist die ungeschickte Art, mit der du deine Schnürsenkel bindest; das ist das fröhliche Gesicht, mit dem du jeden Tag deine Freunde begrüßt; deine Art, dir die Nase zu putzen, ganz leise, so als tätest du etwas Unanständiges; es ist deine schrullige Angewohnheit, dich in deinem Zimmer einzuschließen, um dann in den Zauber des Schreckens einzutauchen, wenn du Gespenstergeschichten liest, die dich das Buch früher oder später wegwerfen und bei Licht einschlafen lassen: Angst zu haben bedeutet für dich so etwas wie ein heimliches Laster, du redest dir ein, daß dich jemand hinter deinem Rücken beobachtet ... Dabei bist du selbst dieser Jemand, aber du glaubst, du könntest einen Blick von ihm erhaschen, wenn du dich nur schnell genug umdrehst ... Du Kind! Du liebst den Zauber. Woher kommt das? Du bist ohne Alter und ohne Herkunft, du verkörperst die Kindlichkeit ... Mit mir verhält es sich anders. Viele Männer und Frauen haben sich in den vergangenen Jahrhunderten an meine Fersen geheftet. Unter ihnen sind auch unsere Ahnen. Verfalle nicht in den Wahn, sie wiederfinden zu wollen. Sie sind ich, das heißt du, wenn du erwachsen sein wirst. Von ihnen kann man alles lernen, was man wissen muß.«

»Was muß ich denn wissen?«

»Das erfährst du schon noch, aber jetzt ist es an der Zeit, uns für immer zu vereinen. Jetzt kannst du nicht mehr darauf vertrauen, daß der Unbekannte bei dir ist, direkt neben dir, diese eingebildete Dualität existiert nicht mehr, du wirst allein sein, aber zehnmal mehr Kraft haben. Geh auf das Leben zu, es erwartet dich.«

Als der Unbekannte nun mit ausgebreiteten Armen auf ihn zukam, begann Ralph zu schielen, sie standen Gesicht an Gesicht, und er hatte das Gefühl, daß sich plötzlich alle Konturen verwischten. Er stieß einen Schrei aus und lief zum Spiegel, um sich darin zu betrachten, so als hoffte er, sich dort ganz verwandelt zu sehen, aber er sah nur einen verblüfften Jungen mit seinen vor Erstaunen weit aufgerissenen Augen, über die seine Kollegen im Büro immer lächeln mußten. Eine Einzelheit überraschte ihn jedoch. Tief in seinen schwarzen Pupillen entdeckte er so etwas wie ein triumphierendes Leuchten. Er zögerte noch, dann öffnete er mit fahrigen Händen seine Schreibtischschublade und nahm ein paar Blätter Papier heraus.

Schreiben, aber was? Zuerst seinen Namen, mit Autorität, wie eine Unterschrift:

Ralph

Und nun, noch etwas. Was? Ach, irgend etwas. Ja – irgend etwas.

Wenn man irgend etwas schreiben muß, schreibt man schließlich etwas ... Wenn man irgend etwas sagen muß, sagt man schließlich die Wahrheit.

Dieser Gedanke berauschte ihn, und angetrieben von einer Begeisterung, die er nicht zu zügeln versuchte, schrieb er eine halbe Seite und hielt inne, erstaunt darüber, wie leicht ihm das fiel. Dann stand er auf und las mit lauter, energischer Stimme diese vielleicht zwanzig Zeilen, die er eben aus dem Stegreif geschrieben hatte und stieß einen Freudenschrei aus:

»Ein Buch! Das ist ja wie ein Buch, ein richtiges Buch ...«

Warum aufhören? Er wußte nicht, was er schreiben wollte, aber die Worte kamen ihm, so als würde jemand anderes für ihn damit die erste und dann noch eine zweite Seite füllen – plötzlich hielt er erschöpft und verwundert inne. Er nahm in jede Hand ein Blatt, schwenkte sie wie zwei Siegesfahnen, lief damit zum Spiegel und lachte wie ein Kind.

»Sieh nur!« rief er. »Sieh nur, was ich da geschrieben habe, ganz allein, ohne daß ich überlegen mußte ...«

Er hielt inne, und in die Stille der Nacht hinein fragte er mit leiser Stimme:

»Ganz allein?«

Einige Sekunden verstrichen, bevor er entschieden antwortete:

»Ja, ich allein, sage ich dir, mit meinem ganzen Ich.«

Am nächsten Morgen erschien er viel zu spät und mit Ringen unter den Augen im Büro und rief mit männlicher Stimme:

»*Salut*, ihr alle. Ich bin wie gerädert ... das war eine arbeitsreiche Nacht.«

Fred kam sofort auf ihn zu.

»Was ist mit dir los? Hältst du den Opernball für Arbeit?«

Ralph zuckte die Achseln.

»Jetzt mal im Ernst«, sagte er. »Der Opernball ist weiter nichts als eine Seifenblase, die tausend Tonnen wiegt. Kameraden, ich will mich von euch verabschieden.«

»Ralph ist betrunken, oder?« rief einer der jungen Männer aus dem Hintergrund.

»Unsinn«, antwortete Ralph. »Ich fange ein neues Leben an, das ist alles. Ich verkaufe das Haus meiner Großmutter und suche mir irgendwas Tolles.«

Auf einmal umringten ihn alle seine Kollegen, so als wollten sie ihn am Gehen hindern.

»Unglaublich«, flüsterte einer, »er spricht wie ein Mann.«

»Wie wer?« fragte Ralph plötzlich mit donnernder Stimme. »Wofür haltet ihr mich? Für einen kleinen Jungen? Da irrt ihr euch gewaltig, meine kleinen Freunde. Ab sofort habe ich nichts mehr mit euch zu tun.«

»Was haben wir dir denn getan?«

»Nichts. Wir haben uns ganz gut verstanden. Aber jetzt bin ich nur hier, um dem Chef mitzuteilen, daß ich kündige. Wo ist er?«

»Wo soll er schon sein! In der Bar.«

»Holt ihn, oder ich gehe so.«

»Ralph«, sagte Fred und nahm ihn am Arm, »du bist ganz verändert. Wir holen den Chef, aber erklär' uns das doch. Wir mögen dich gern, du darfst dich nicht wie ein Dieb davonstehlen!«

»Das versteht ihr ja doch nicht. Ich habe mich geändert. Ich mag dieses Viertel nicht. Ich werde an einen anderen Ort ziehen ...

Ich brauche viel Platz und Ruhe. Ich verlange Ruhe.«

»Du verlangst Ruhe!« riefen ein paar der Jungen im Chor erstaunt aus. »Was denn noch?«

»Bäume«, antwortete Ralph, »um das Haus herum. Ich brauche Bäume, überall im Garten, um das Haus herum.«

Es entstand ein kurzes Schweigen; Ralph summte eine fröhliche Melodie, aber in den Augen seiner ehemaligen Kameraden spiegelte sich dieselbe Sorge und Trauer wie immer. Der nette Ralph von gestern abend hatte soeben den Verstand verloren.

Plötzlich hielt der Direktor, eingehüllt in Whiskeywolken, seinen Einzug. Die Augen traten ihm fast aus dem Kopf, er stürzte sich auf Ralph, packte ihn an den Schultern und schüttelte ihn:

»Was höre ich da? Du gehst nicht, mein Junge. Ich erhöhe sofort dein Gehalt, ich verdopple es.«

»Vielen Dank«, sagte Ralph, »aber ich will kündigen.«

»Überleg' dir das noch mal, Ralph. Du kannst das Dreifache verdienen.«

Die anderen Angestellten begannen leise

zu murmeln. Ralph antwortete mit ruhiger, fester Stimme:

»Je mehr Sie mir anbieten, um so mehr will ich gehen.«

»Aber warum denn? Warum?« rief der Direktor. »Wovon willst du denn leben?«

»Von meiner Feder«, antwortete Ralph.

Nun machte der Direktor ein ernstes Gesicht:

»Mein lieber kleiner Ralph«, sagte er und legte beide Hände auf Ralphs Schultern. »Du warst immer ein Träumer, ich habe dich lange beobachtet, aber heute müssen wir wirklich vernünftig sein. Du willst von deiner Feder leben. Unglaublich! Das geht nicht so einfach. So etwas dauert Jahre, man braucht Verleger ...«

»Machen Sie sich bitte keine Sorgen«, unterbrach ihn Ralph. »Ich danke Ihnen für Ihr Entgegenkommen, aber ich habe meine eigenen Pläne. Meine Entscheidung steht fest.«

»Das ist doch alles Wahnsinn, Ralph«, sagte der Direktor. »Weißt du denn wenigstens, was du schreiben wirst?«

»Ich lande einen großen Coup. Ich schreibe für Kinder. Sie sind das größte und beste Publikum.«

»Aber was willst du für sie schreiben?«

»Natürlich Geschichten.«

»Geschichten! Warum?«

»Um ihnen ANGST zu machen ... Das haben sie nämlich furchtbar gern.«